Fabien Duquenoy

AF142018

L'emprise des ténèbres

Prologue

Je m'appelle Burt Mohr. J'habite à Los Angeles, une ville où le taux de criminalité ne cesse d'augmenter...D'ailleurs les gens n'y prêtent aucune attention. Bien que cela pourrait leur arriver un jour...

Je suis détective privé. Un citoyen au service de la loi. Autrefois j'étais magistrat, juge plus précisément. Je jugeais mon époque et ses contemporains...Ne juges que si tu acceptes d'être jugé à ton tour.

Il fût un temps ou je possédais un pager, cela faisait parti de mon arsenal de communication. J'avais des télécopieurs, les touts premiers sortis sur le marché. Dans mon bureau, chez moi, au tribunal. J'avais également une secrétaire, un adjoint, toute une ribambelle de greffiers et une épouse. Malgré cela, personne n'arrivait à me joindre. Disponible sans l'être vraiment, accessible et pourtant introuvable.

L'ambivalence a toujours été mon point faible. Non que je sois indécis, mais en tant que juge, je sais que toute histoire à deux facettes. Cependant il arrive toujours un moment ou vous devez prendre une décision. Sans quoi comme disait ma mère : "C'est quelqu'un qui décidera à votre place".

Tout débuta en décembre 1986, je venais d'ouvrir mon agence et résidais dans un appartement minable sur Bunker Hill Avenue avec mon épouse Karen. Elle travaillait à mi-temps comme serveuse dans un bar sur la huitième, et ne gagnait que quatre cent dollars par mois. Mon emploi quand à lui ne battait pas trop son plein. Les temps étaient durs pour tout le monde. Le chômage ne cessait d'augmenter ainsi que le coût de la vie.

Karen me reprochait parfois d'avoir quitté ce paradis terrestre qu'était le tribunal. Mais il était trop difficile pour moi de continuer d'exercer après s'être fait tirer dessus par un ancien détenu réclamant vengeance et avoir frôlé la mort de près...

L'homme en question se nommait Billy Ray. Il avait été arrêté pour le meurtre de Lisa Stratford. Ray était conservateur au musée d'art contemporain de Los Angeles, et Lisa qui était étudiante à l'époque, se rendait parfois là bas pour admirer quelques tableaux. Il avait une liaison avec cette dernière depuis plusieurs mois, et avait assassiné Lisa dans un accès de colère après qu'elle lui ai fait part de son désir de rompre.

Son corps avait été découvert au coeur de Griffith Park près de l'entrée du zoo. L'autopsie avait révélée qu'elle avait été poignardée à plusieurs reprises, et que son corps avait été amenée sur le lieu du crime quelques heures après son décès.

Après avoir perdue sa trace pendant plusieurs mois, la police parvint finalement à arrêter Ray à la sortie du Biltmore Hôtel. Lieu ou il avait trouvé refuge après la mort de Lisa. Ray fut jugé quarante huit heures après son arrestation et condamné à quinze années de prison pour meurtre avec préméditation. Mais son emprisonnement fût de courte durée car cinq ans plus tard, il s'évada du pénitencier où il purgeait sa peine provoquant la mort de deux gardiens et de trois civils.
Ray attendit deux ans avant de refaire surface. Ce qui lui laissa amplement le temps de préparer sa vengeance. Il attendit le jour où je devais me rendre à l'université du Maine pour faire une conférence sur "le système juridique".Il était assis au fond de l'amphithéâtre, raison pour laquelle je ne

l'avais pas vu en arrivant.

Il fit semblant de se rendre au toilettes, et bondit sur moi tel un lion en dégainant son arme. La sécurité intervint trop tard malheureusement. Au moment ou ils parvinrent à le maîtriser, le coup était déjà parti et le sang coulait à flots. D'après le médecin, la balle n'avait touché aucun organe vital, mais avait provoqué une hémorragie interne d'une extrême gravité. Par chance, l'extraction de la balle avait été en mesure d'arrêter le saignement et de faire une transfusion sanguine dans les plus brefs délais.

A ce jour, Billy Ray git au coeur du lac Tahoe. Il fût condamné à la chaise électrique après sa tentative de meurtre. Son corps fût rendu à ses proches qui le firent incinérer et dispersèrent ses cendres vers le large.

Depuis ce jour, je ne cesse de regretter d'avoir débuté dans le domaine juridique. Après quelques mois de rééducation, j'ai décidé de donner ma démission et d'ouvrir mon agence de détective privé...

Elle était située sur Sunset Boulevard, lieu où la jet-set américaine affluait constamment. Au début, j'étais essentiellement chargé de prendre en filature des personnes soupçonnées d'adultère par leur conjoint. Malencontreusement ces petits boulots n'étaient que maigrement rémunérés. Malgré cela, je tenais à continuer ce job afin de pouvoir retrouver l'assassin de ma mère...

Première partie

L'ombre de la mort

Le peuple qui vit dans la nuit verra une grande lumière!Pour ceux qui vivent dans le sombre pays de la mort, la lumière apparaîtra.

Chapitre 1

Bakersfield, 13 décembre 1960.

Clarissa Mohr rentrait du travail. Il était déjà, et elle tenait à rentrer au plus vite pour s'occuper de son fils Burt. Il était âgé de dix ans et faisait preuve d'une grande autonomie pour son âge. Il avait appris à se débrouiller seul après la mort de son père.

John Mohr était mort dans un tragique accident de voiture en février 1957 alors qu'il rentrait du travail. La route était très dangereuse à cause de la tempête qui faisait rage cette nuit là. Une seconde d'inattention suffit à John pour ne pas voir le véhicule roulant à contre-sens qui fonçait droit sur lui. Ce dernier le percuta de plein fouet et la voiture fît une embardée spectaculaire et vint s'encastrer dans un arbre situé un peu plus loin.

Pris de panique, le conducteur se rendit à la station service qui se trouvait quelques kilomètres plus loin et appela les secours afin qu'ils viennent secourir le pauvre John. Ils arrivèrent deux heures plus tard en raison du maque de visibilité et du nombre d'accidents causés par la tempête...En arrivant, ils furent stupéfaits par l'ampleur des dégâts: les débris étaient éparpillés aux quatre vents, et John qui avait été projeté par le choc, était venu s'empaler sur un panneau de signalisation. Le corps était tellement mutilé, que le légiste avait été contraint de refuser l'identification du corps par ses proches.

Burt qui à l'époque était très proche de son père, fût peiné d'apprendre le décès de ce dernier. Clarissa disait toujours que Burt n'était plus le même depuis le décès de son père. Il vivait de manière introvertie à l'écart de toute personne extérieure la plupart du temps. Il lui fallut plusieurs années avant de réapprendre à vivre en société. Ce qui avait permis à Clarissa par la suite de reprendre une activité professionnelle à la maison de retraite qui se trouvait dans le village voisin.

Elle y travaillait comme aide soignante, essentiellement de jour ce qui lui laissait le temps de s'occuper de son fils en parallèle. De plus, il souffrait d'une vilaine grippe depuis quelques jours dont il peinait à se remettre. Raison pour laquelle elle ne voulait pas le laisser seul trop longtemps. Mais ce qui l'inquiétait par dessus tout, c'était la terrible vague de meurtres qui secouait la ville depuis plusieurs mois... Les victimes étaient toutes des enfants ages d'une dizaine d'années environ. Chaque corps avait été retrouvé atrocement mutilé et ce dans d'horribles circonstances. D'après l'inspecteur chargé de l'enquête, ces meurtres étaient probablement l'œuvre d'une secte voire d'un déséquilibré mental...

C'est en arrivant chez elle que Clarissa fût prise de panique: quelqu'un était entré chez elle par effraction. En voyant cela, elle s'empressa de gravir les marches du perron et de se rendre dans la chambre de Burt. L'angoisse fût à son comble au moment ou elle vit que le responsable de cela se tenait juste au dessus de son fils...

Terrifiée par ce qu'elle voyait, elle n'eût pas le temps de faire le moindre geste. L'individu se jeta sur elle et lui sectionna la tête en une fraction de secondes. Au loin, on pouvait entendre la sirène des voitures de police probablement prévenues par un voisin ayant entendu tout ce vacarme...

En arrivant sur les lieux, la police découvrit le corps de Clarissa gisant sur le sol. A ses côtés, Burt. Ses mains et son visage étaient couverts de sang, probablement celui de sa pauvre mère et son regard était empli de tristesse. Toutes les personnes présentes avaient les yeux rivés sur ce pauvre garçon à qui la mort avait enlevée les deux êtres les plus chers à ses yeux...

Après avoir passé les lieux au peigne fin et effectués toutes les recherches nécessaires, le coroner demanda que l'on place Burt à l'orphelinat de Bakersfield en attendant d'être interrogé et que l'on décide ce qu'il allait advenir de lui...

Chapitre 2

Rapport de l'inspecteur Andrew.

16 décembre 1960.

Après interrogation du jeune Burt Mohr suite au meurtre de sa mère, le docteur Edwards et moi avons décidés que Burt serait transféré au San Francisco General Hospital pour une durée indéterminée.

Le docteur Edwards qui est psychiatre à l'hôpital de San Francisco à décelé chez Burt des troubles psycho-somatiques probablement liés au décès prématuré de ses parents. Il à donc décidé de le suivre personnellement jusqu'à ce qu'il soit jugé apte à être placé en famille d'accueil. Quand au meurtre de sa mère, il semblerait qu'il soit en rapport avec les meurtres commis au cours des derniers mois et que Clarissa Mohr n'était pas la personne visée. Les recherches sur le lieu du crime n'ayant pas apportées de résultats satisfaisants, je reste dans l'attente du rapport d'autopsie espérant que cela sera en mesure de nous fournir de plus amples informations...

Rapport du docteur Lerry.

17 décembre 1960.

D'après les lésions constatées sur le corps de Clarissa Mohr, il semblerait que la tête ait été arrachée avec une violence sans précédent. La personne ayant commis cet acte de barbarie semble être dotée d'une force surhumaine. J'ai également constaté que le corps comportait des lacérations probablement faites avec un objet tranchant et ce après sa mort. En vue des différentes recherches, la cause du décès reste la décapitation.

Rapport du docteur Edwards.

23 février 1961.

Cela fait maintenant deux mois que je suis avec le plus grand intérêt le petit Burt Mohr. Ce jeune garçon qui peu de temps avant son admission à perdu ses parents de manière prématurée, semble être victime de troubles psycho-somatiques et commence à développer une schizophrénie aiguë. Cet enfant que la population de Bakersfield semble décrire comme quelqu'un d'affectueux et doux comme un agneau est maintenant comparable à une bombe à retardement prête à exploser à la moindre vibration...

Je pense que cet état de crise s'est développé progressivement après le décès de son père. Celui de sa mère n'a fait qu'intensifier la haine qui le ronge...Cependant, je pense qu'un placement en famille d'accueil lui serait des plus bénéfiques et l'aiderait à se remettre peu à peu de ces terribles évènements tout en reprenant une vie normale. Il a donc été décidé que Burt serait placé dans les semaines à venir...

Chapitre 3

Los Angeles, de nos jours.

Un bruit de pas retentit dans une ruelle. Il s'agissait de ceux d'un enfant. Le ruissellement de la pluie intensifiait chacun de ses pas...Il semblait craindre quelque chose. Dans la pénombre qui régnait, on pouvait distinguer une ombre se déplaçant lentement.

En raison du manque de visibilité, il était difficile pour lui de distinguer la personne qui le suivait. Pris de panique, il se mit à courir de manière fulgurante sans savoir où cela le mènerait. Tout ce qui comptait pour lui, c'était de semer cet étranger et de sortir de ce cauchemar...
Courant à perdre haleine, il fît une mauvaise chute et heurta violemment un mur avoisinant. Reprenant peu à peu ses esprits, il sentait la peur l'envahir progressivement..Scrutant les alentours dans l'obscurité, il se mit à hurler en apercevant la paire d'yeux luisant qu'il avait aperçu à plusieurs reprises le scrutant dans la pénombre.

La terreur était telle qu'aucun son ne sortit de sa bouche. Soudain, l'ombre se jeta sur lui à la vitesse de l'éclair. Tentant de lutter pour le salut de son âme, il se débattit férocement afin de faire fuir son assaillant mais il savait qu'il n'était pas de taille à lutter contre cela...

Chapitre 4

"La macabre découverte du corps d'un enfant secoue la ville"

Burt Mohr n'était pas surpris par la couverture du journal du jour. A Los Angeles, les meurtres étaient chose courante depuis une multitude d'années. Malgré cela, il ne pouvait s'empêcher de penser au fait qu'un jour ce pourrait être ses enfants que l'on pourrait retrouver ainsi...

Burt était père de deux enfants Lucas et Maureen âgés respectivement de six et huit ans. Bien que Burt et Karen faisaient preuve d'une extrême prudence vis à vis de leurs enfants, personne n'était à l'abri de ce genre d'incidents...

Après avoir lu les brèves du jour, Burt grimpa au volant de sa tornado noire et se rendit à l'angle de town et de la huitième, lieu où avait été trouvé le corps du jeune garçon. Sur place, la foule affluait sans cesse afin de voir ce qui s'était passé bien que cela était visible de loin...

A quelques mètres, on pouvait apercevoir les hélicoptères de la police de Los Angeles qui détachait le corps suspendu. L'assassin avait suspendu le corps d'une manière qui n'était pas sans rappeler la crucifixion du christ.

Quelques minutes plus tard, Burt s'avança accompagné de l'inspecteur Hanlon de l'endroit où avait été entreposé le corps en attendant d'être amené à la morgue. Malgré une fouille minutieuse, la police ne trouva pas la moindre empreinte et le moindre indice...

Seule une inscription écrite en lettres de sang figurait sur le corps de la victime:

"Le moment du jugement des morts est arrivé"

Chapitre 5

Quelques heures s'étaient écoulées depuis la découverte du corps. Burt ne cessait de repenser à l'inscription relevée sur le corps. Qu'est ce que l'assassin cherchait à dire? Était-ce simplement l'œuvre d'un fanatique, où le début d'une longue série de meurtres?

Après avoir minutieusement examiné la scène du crime, Burt se rendit à la morgue où avait été déposé le corps. Burt ne put s'empêcher de repenser au meurtre se sa mère tout en se rendant dans le bureau du docteur Lerry. Ce dernier avait en effet chargé de l'autopsie du corps de sa mère lors de son décès.

L'expression de son visage ne présageait rien de bon. Tout en lui montrant le corps, le docteur Lerry lui expliqua que le corps présentait des lacérations similaires à celles relevées sur le corps de sa mère. Malgré l'évolution des équipements depuis le décès de cette dernière, il était toujours dans l'incapacité de lui dire quelle était l'arme du crime.

Quand à l'inscription sur le corps de la victime, il affirma qu'elle avait été écrite

avec son propre sang. D'après lui, il s
agissait probablement d'un texte religieux.
Tout en examinant le corps avec le légiste,
Burt comprit que l'assassin de sa mère
avait refait surface à Los Angeles...

Deuxième Partie

Messages d'outre-tombe

Voici qu'apparut un cheval pâle monté par un cavalier pâle. Le cheval, on le nomme: la peste. Et celui qui le montait: la mort.

Chapitre 6

Après avoir quitté la morgue, Burt décida de partir pour Bakersfield afin d'aller se recueillir sur la tombe de sa mère.

Tout en roulant, il se remémora les horribles circonstances dans lesquelles sa mère était morte. L'assassin avait refait surface après tout ce temps. Pourquoi Los Angeles?Était-il venu finir ce qu'il avait commencé à l'époque?Revenait-il pour lui?Tant de questions sans réponses qu'il n'aurait peut être jamais. La série de meurtres qui avait secouée sa ville natale lors de son enfance allait recommencer ici. Mais s'était- elle vraiment arrêtée durant tout ce temps?

En arrivant aux abords de Bakersfield, Burt vit que rien n'avait changé: les boutiques qui à l'époque bordaient l'avenue principale étaient toujours là. Toutes avaient conservées leur magie d'antan comme si le temps s'était arrêté durant son absence. La maison familiale ainsi que les résidences avoisinantes elles par contre avaient disparues pour laisser place à de grands immeubles comme dans beaucoup de villes de nos jours...

Aux abords du cimetière, la cabane du gardien était toujours là. Intacte à l'inverse de son propriétaire que le temps avait rattrapé. Les signes de l'âge et de la fatigue se lisaient sur son visage. Le gardien des morts n'allait pas tarder à siéger à leurs côtés...

La tombe de sa mère avait également soufferte des marques du temps: les traces de rouille étaient visibles sur les lettres de la pierre qu'il avait fait poser sur laquelle on pouvait lire : à ma mère bien aimée. Le vase dans lequel il déposait un bouquet de lys blancs à chacune de ses visites avait été brisé par quelconque vandale ou catastrophe naturelle...

Les larmes coulaient le long de ses joues pendant qu'il contemplait le lieu où reposait celle qui l'avait quittée bien trop tôt. Celle qui avait donnée sa vie pour sauver la sienne et qu'il s'était juré de venger à n importe quel prix.

Soudain la couleur douce et rosée du ciel d'été laissa place aux ténèbres et à la pénombre la plus totale. La chaleur s'évapora pour donner vie à un froid glacial comme la mort. Au travers du vent, on entendait des murmures. Pourtant, il était seul et personne n'était visible aux alentours.

Il lui semblait entendre la voix de sa mère, celle qui l'avait bercée durant sa tendre enfance. Mais il savait que cela était impossible car elle gisait sous ses yeux. La tristesse qu'il ressentait laissa place à une peur sans nom. Sombrait- il dans la folie? Les évènements d'aujourd'hui étaient- ils responsables de tout cela?

Il ne savait que penser. Une seule chose lui venait à l'esprit: suis- je en train de sombrer dans la démence?Pourtant au travers du souffle du vent et des murmures incessants, un seul mot était audible. Un seul mot qui le laissait dans le flou le plus total : Burt...

Chapitre 7

La folie envahissait Burt progressivement.
Qui murmurait son nom dans la pénombre?
Rien de tout cela ne semblait être rationnel.
La voix qu'il entendait était bien celle de sa
mère. Comment cela était- il possible?

Malgré la peur qui l'envahissait, Burt était
ému par tout cela bien qu'il n'en
comprenait pas le sens. La voix de sa mère
ne cessait de résonner. Elle avait refait
surface depuis l'au delà mais dans quel
but?

"Burt soit prudent. Le mal est de retour
parmi nous et il est venu pour toi. Il vient te
chercher..."Pour lui il n'y avait plus de doute
à avoir : la chose qui lui avait pris sa mère
était de retour. Qui était- elle?Pourquoi lui?

Soudain, il fût assaillit par une sorte de
vision: la maison de son enfance se
dessinait devant lui. L'illusion était bien
réelle. Tout était identique et pourtant,
quelque chose lui semblait différent mais
quoi?En y regardant de plus près, il vit alors
l'état de la porte d'entrée...La maison lui
était apparue comme le soir de l'incident, le
soir ou pour lui tout avait basculé. Le mal

semblait régner sur cette maison, le mal qui avait refait surface depuis peu...

Un seul endroit pouvait lui apporter les réponses qu'il cherchait, son ancienne maison. Bien que cette dernière avait laissé place au béton de nouvelles habitations, il y trouverait peut être quelque chose en mesure de l'éclaircir...

Avançant dans les ténèbres de la rue ou il résidait, Burt ne cessait de se demander ce qu'il était susceptible de découvrir en allant là bas. Peut être que la chose attendait patiemment sa venue afin de terminer son œuvre...

Sur place, il peina à se frayer un chemin dans les herbes avoisinantes espérant trouver quelqu'un ou quelque chose pouvant lui venir en aide. Soudain, un bruit de pas se fit entendre quelques mètres plus loin. Aucune ombre n'était visible mais il sentait une présence...Il avança à pas de loup quand soudain un homme lui apparut de nulle part. L'homme le regarda fixement d'un regard glacial et lui dit: "je sais ce que vous êtes venu chercher en ces lieux maudits...".

Chapitre 8

Était-il en train de rêver?Non l'homme était bel et bien devant lui. Mais pourquoi ne l'avait- il pas vu plus tôt?Savait- il vraiment ce qu'il était venu chercher ici?Il n'y avait qu'un seul moyen de le savoir:

"Qui êtes vous?Que faîtes vous ici?Que me voulez vous?"

-"Ces choses ont bien peu d'importance monsieur Mohair. Tout ce que je peux vous dire c'est que vôtre vie ne tient plus qu'a un fil. La bête est de retour et c'est pour vous qu'elle est revenue".

Disait- il vrai?Comment savait-il toutes ces choses?Le doute envahissait Burt à nouveau qui ne cessait de se demander qui était vraiment cet homme et d'où savait- il autant de choses...

- "Quelle bête?Pourquoi moi?Et d'abord qui êtes vous et d'où tenez vous cela?"

- "Comme je vous l'ai dit, cela importe peu. Ce qui compte c'est que vous soyez prévenu de ce qui vous attend. L'enfer serait un doux euphémisme comparé à ce qu'elle vous réserve...Le meurtre du jeune garçon n'est qu'un début et cela est loin de s'arrêter. Le jugement des morts est proche...".

Burt se souvint alors de ces mots. Ceux qui étaient inscrits sur le corps du jeune garçon en lettres de sang...Que voulaient dire ces mots?Il n'en comprenait toujours pas le sens. La lumière du jour revint peu à peu et les ténèbres se dissipèrent progressivement. Burt se rendit alors compte que l'homme avait disparu. A l'endroit où il avait siégé quelques instants auparavant, l'herbe était devenue cendres et à la place, était posé quelque chose qui ne devait, non qui ne pouvait pas être là: une photo de sa mère...

Chapitre 9

Comment cela était- il possible?Aucun être humain ne pouvait disparaître ainsi. Et comment cette photo de sa mère avait- elle pue arriver ici? Burt décida alors de se rendre au journal local afin de trouver quelques informations sur la vague de meurtres qui avait eue lieu à Bakersfield lors de son enfance...

Peu de temps après son arrivée sur place, il fût conduit dans la salle des archives ou était entreposé trois siècles d'histoire...Après une fouille minutieuse, Burt trouva les coupures de presse relatant les meurtres parmi lesquels il y avait celui de sa mère. Sur la première page du journal de l'époque, on pouvait lire:

"Une mère de famille sauvagement assassinée"

Sous le gros titre de la presse, on voyait une photo de sa mère. Identique à celle qu'il avait trouvé peu de temps auparavant à l'endroit où il avait rencontré ce mystérieux inconnu...Comment avait- il réussi à se procurer cette photo?Fouillant dans le reste des archives, il constata que chaque corps avait été découvert dans les mêmes circonstances. A première vue, les victimes n'avaient pas le moindre lien de parenté. Toutes avaient été tuées selon le même mode opératoire et disposées de manière similaire. Seul le meurtre de sa mère différait des autres. Mais était- il vraiment venu pour elle cette nuit là...?

Au plus profond de lui même, il connaissait la réponse. Pourquoi une petite ville si paisible avait- elle été si soudainement le théâtre de meurtres aussi atroces?Burt se souvint alors de monsieur Uris. Ce vieil homme qui l'avait vu grandir comme bon nombre de personnes ici lui parlait sans cesse d'une ancienne demeure à la sortie de la ville qui avait la réputation d'être hantée. Il disait toujours que les personnes qui y avaient vécues étaient mortes mystérieusement. Peut être était- il toujours en ville et qu'il savait quelque chose sur les meurtres...

Il se rendit alors chez monsieur Uris. Malgré ses années d'absence, ce dernier n'eût pas le moindre mal à le reconnaître lorsqu'il s'avança sur le perron. Il lui dit alors:

"Bonjour Burt. Je savais qu'un jour tu reviendrais. Bien que le temps m'ai rattrapé, je n'ai pas oublié les circonstances tragiques dans lesquelles ta mère est morte et j'en suis navré. Mais je ne pense pas que tu sois venu pour écouter les lamentations d'un vieillard. Que puis-je faire pour toi mon enfant si je puis me permettre de t'appeler ainsi?"

-"Je voudrais que vous me parliez de la maison des hurlements..."

-"On avait appelé cette demeure ainsi car peu de temps après les incidents qu'il y avait eu là bas, les gens qui vivaient à proximité disaient entendre des hurlements la nuit. Comme si la maison cherchait à appeler quelqu'un...

Cette maison est la plus ancienne de la ville. Elle fût bâtie à sa création et en est la seule rescapée. Lors de sa construction, bon nombre de personnes ont perdues la vie de manière étrange...La maison avait été construite par un riche homme d'affaires pour sa jeune épouse. Avec le temps, tout le monde disait que la maison était maudite. Les derniers habitants avaient été accusés d'avoir enlevé plusieurs enfants pour des rites sataniques. La police n'ayant trouvée aucune preuve, l'enquête était restée sans suite...

Jusqu'au jour ou ils furent pris sur le fait...Un soir, plusieurs habitants partaient vers la maison afin de tenter la culpabilité du couple qui y vivait..Après être parvenus à s'infiltrer dans la maison, ils tombèrent sur un groupe d'hérétiques pratiquant je ne sais quelle messe noire. Au milieu de toutes ces personnes, un enfant était disposé sur un autel tel une offrande pour leur dieu diabolique...

Ne pouvant rester impassible devant cet acte, les villageois prirent l'enfant et brulèrent la maison. Au travers des flammes qui consumaient la demeure, on entendait les hurlements de douleur des habitants qui juraient de revenir se venger de leurs assaillants...

Avec le temps, cette sordide histoire fût oubliée à travers les âges. A l'époque des meurtres, beaucoup disaient que les esprits étaient revenus se venger de leur sort. Pour ma part, cela n'est que superstition mais peut être trouveras les réponses à ce que tu cherches en allant là bas...".

Choqué par ce qu'il venait d'entendre, Burt décida d'aller voir les ruines de cette vielle demeure se disant qu'elle renfermerait peut être quelque chose d'intéressant concernant ce qu'il était venu chercher...

Troisième partie

L'antre de la folie

Celui qui est intelligent peut trouver le chiffre de la bête. Car ce nombre correspond au nom d'un homme. Ce chiffre est six cent soixante six.

Chapitre 10

La maison était devant lui. Intacte malgré les années et les années qui l'avaient ravagées...But se glissa à l'intérieur par une fenêtre entrouverte. De l'intérieur, cette demeure était magnifique: le couloir principal était scindé en deux par un escalier menant aux étages. Les murs étaient ornés de toiles représentant la généalogie des habitants de la maison.

Explorant peu à peu les différentes pièces, Burt se rendit à la cave et y découvrit une pièce qui lui glaça le sang: les murs étaient peints de fresques morbides comme celle d'une femme se faisant dévorer par ce qui semblait être des goules. Ou encore des scènes de torture et autres peintures diaboliques...Sur le sol de la pièce, un pentacle était dessiné avec du sang. Et au milieu de ce pentacle, siégeait un autel de pierre.

Soudain, Burt fût assailli d'une sorte de flash: il vît plusieurs personnes réunies autour de l'autel et récitant dans une langue qui lui était inconnue...Au milieu de ces étranges personnes, un enfant était allongé sur l'autel. L'un des personnages brandissait un poignard au dessus du jeune garçon qu'il s'apprêtait à tuer...Tout à coup, plusieurs personnes brandissant des torches firent irruption dans la salle...Ils enflammèrent tout ce qui se trouvait à leur portée afin d'arrêter ce massacre et prirent l'enfant...

Burt se demandait ce que voulait dire ce qu'il venait de voir...Était- ce un souvenir ou une sorte de vision?Le doute l'envahissait de nouveau...Qui étaient ces gens?Et qui était cet enfant?S agissait- il de ceux dont monsieur Uris lui avait parlé?Tout en cherchant des réponses à ses questions, il continua d'explorer la pièce et fit une étrange découverte: sur le mur du fond, plusieurs photos d'enfants étaient accrochées. Chacune d'elle portait un nom, une date, mais celle du jeune garçon qu'il avait vu n'y était pas...Pourquoi?

Examinant le mur de près, Burt sentit une sorte de courant d'air...Parcourant le mur à tâtons, il tomba sur une brique creuse. Il poussa cette dernière et soudain, le mur se mit à bouger. Peu à peu, le mur se déroba révélant un sombre escalier d'où émanait une odeur de mort...Intrigué, Burt retourna à sa voiture pour y prendre une lampe et décida d'aller explorer cet étrange endroit...

Chapitre 11

Tout en descendant les marches, une peur indescriptible l'envahit. L'escalier lui semblait interminable tel une abime sans fond. La pénombre ne se dissipait pas. Jusqu'au moment ou un trait de lumière se dégagea difficilement de ce qui semblait être une porte.

Ses pourtours étaient ornés de cranes humains, et les ossements jonchant le sol craquaient sous chacun de ses pas. Le fait d'imaginer ce qui pouvait se trouver derrière lui glaça le sang...Il prit une grande inspiration et se décida à tourner cette poignée rouillée.

L'intérieur de la pièce était tout aussi effroyable que ce qui la précédait...Quelle était cette chose qui vivait ou avait vécue ici?Divers corps en putréfaction étaient éparpillés, rongés par les rats qui avaient élus domicile en ces lieux funestes et nauséabonds.

Le regard de Burt s'arrêta sur un lit disposé dans un coin...Soudain, le silence fût brisé par un murmure proche. Ce qui lui fit comprendre qu'il n'était pas seul...

Burt se précipita alors vers l'entrée afin de surprendre son assaillant mais arriva trop tard...La peur au ventre, il s'empressa de quitter cette demeure, s'enferma dans sa voiture et appela la police.

Chapitre 12

La police arriva quelques minutes plus tard. Après avoir fait part de ses découvertes à l'inspecteur Hanlon, Burt retourna explorer les lieux accompagné de ce dernier espérant y retrouver celui qui l'y suivait précédemment...

Hanlon expliqua à Burt que certaines des photos affichées sur le mur étaient celles d'enfants disparus il y à peu...Ils descendirent les marches menant à l'antre morbide où avaient été découverts les corps. Bon nombre de policiers rebroussèrent chemin horrifiés par l'odeur qui se dégageait bien que cela n'était rien comparé à ce qui les attendaient plus bas...

Les corps étaient toujours là ainsi que les rats qui leur tenaient compagnie...Après avoir examinés la pièce, ils emmenèrent les corps à la morgue espérant trouver quelque chose qui leur permettrait de mettre la main sur le responsable de ses atrocités...

Plusieurs heures passèrent, les fouilles n'apportaient rien de concluant jusqu'au moment ou l'un des officiers tomba sur une porte dérobée...Ils l'ouvrirent avec toutes les précautions nécessaires et découvrirent une sorte de galerie...

Ils trouvèrent une torche à l'entrée qu'ils s'empressèrent d'allumer afin de voir ou menait ce nouveau chemin...La galerie s'étendait sur plusieurs centaines de mètres. Ils s'avancèrent lentement ne sachant pas ce que pouvait cacher ce chemin. Après quelques minutes, ils découvrirent une trappe qui semblait mener vers l'extérieur...

Une fois ouverte, ils se rendirent compte que la trappe menait à un terrain vague assez éloigné de la maison. Burt comprit alors comment s'était échappé celui qui le suivait...Soudain, un officier s'avança vers eux haletant suite à un communiqué urgent:

"Inspecteur, monsieur Uris vient d'être assassiné..."

Chapitre 13

Etant encore sous le choc de ce qu'il venait d'entendre, Burt se précipita chez monsieur Uris accompagné de l'inspecteur Hanlon.

La population avoisinante ainsi que les journalistes étaient déjà sur les lieux tels une bande de vautours à l'affût de ce qui se passait...Le corps de monsieur Uris était étendu dans l'entrée de sa maison. A première vue, divers objets étaient brisés, d'autres renversés. Ce qui prouvait qu'il s'était débattu avant de mourir...

Après les recherches habituelles, le corps fût emmené à la morgue pour être autopsié bien que Burt et l'inspecteur Hanlon ne s'attendaient pas à obtenir beaucoup d'informations complémentaires sur sa mort...

Le lendemain matin, Burt reçu un appel du légiste lui demandant de venir au plus vite. Sur place, il lui expliqua que monsieur Uris avait été poignardé à plusieurs reprises et que l'un des coups lui avait sectionné le coeur en deux...Sur le dos de la victime, figurait la mêle inscription que sur le corps du jeune garçon retrouvé il y à peu...Elle avait également été écrite avec le sang de la victime...

Il était de nouveau intrigué par cette inscription...Quel message le tueur cherchait- il à faire passer?Quand s'arrêterait ce massacre?Il quitta la morgue rapidement intrigué par ces choses qui pour le moment n'avait pas le moindre sens à ses yeux...

Il s'avança vers sa voiture tout en réfléchissant, puis s'arrêta soudainement. L'homme qu'il avait rencontré près de son ancienne maison était adossé à sa voiture attendant probablement le retour de son propriétaire.

"Une fois de plus nous nous retrouvons monsieur Mohr"

- "Que me voulez vous donc?Qui vous envoie?"

-"Comme je vous l'ai dit lors de nôtre précédente entrevue, cela à bien peu d'importance pour le moment...Personne ne m'envoie. Je viens juste vous avertir que tout cela ne sera achevé qu'au moment de votre mort...Vous êtes bien plus qu'un simple pion dans tout cela. Vous avez un rôle bien plus important que vous ne le pensez à jouer."

-"Que savez vous exactement?Qui est responsable de ce massacre?"

-"Bien que j'ai en ma possession bon nombre de réponses à vos questions, je vous laisse les découvrir par vous même...Tout ce que je peux vous conseiller, c'est d'explorer la demeure de monsieur Uris. Il savait énormément de choses vous concernant ainsi que sur d'autres choses mais en à payé le prix avant de pouvoir vous en apprendre d'avantage...".

Après toutes ces révélations, il s'en alla laissant Burt plus perplexe qu'il ne le serait jamais. Voulant absolument savoir quelles étaient ces informations qui avaient coûtées la vie à monsieur Uris, Burt décida d'aller fouiller son domicile en vue d'obtenir des réponses...

Chapitre 14

La maison de monsieur Uris reflétait bien l'image de son propriétaire. Bon nombre d'antiquités et de tableaux anciens ornaient les moindres recoins de la maison...

Tout en explorant les lieux, Burt se rendit compte que les choses allaient être différentes à Bakersfield suite au décès de monsieur Uris...Cet homme qui malgré son grand âge, avait fait de choses pour la ville, faisait la joie des enfants lors des fêtes d'halloween et autres animations enfantines, était parti brutalement. Même la pendule de la salle à manger ne fonctionnait plus. Comme si dans la maison, le temps s'était arrêté avec le départ de son propriétaire...
Dans la cave, il trouva une caisse remplie de vieilles photos qu'il décida de monter espérant y trouver quelconque indice sur les raisons de sa mort. La plupart des photos dataient de son enfance. Bon nombre de personnes représentées semblaient être de sa famille. Ouvrant les albums les uns après les autres, il tomba sur de vieilles cartes postales et diverses coupures de presse remontant à la création de la ville...

On y voyait les premières maisons ainsi que les commerces qui à l'époque bordaient la rue principale. Son regard s'arrêta sur un article relatant l'incendie de la maison des hurlements. On y citait les personnes qui étaient décédées lors de cette horrible nuit, ainsi que les responsables de cet acte sans pour autant préciser les raisons qui les avaient poussées à agir ainsi comme si cela n'avait pas la moindre importance. L'article était imagé par une photographie de la maison à sa construction où figurait les propriétaires de cette sordide demeure...

Soudain, il vit quelque chose qui le fît frissonner: dans l'angle de l'image, on apercevait un enfant difforme recouvert de ce qui semblait être une toge ou quelconque habit similaire...Cet chose s'il pouvait la nommer ainsi, ressemblait étrangement à celle qu'il avait aperçue dans a chambre le soir ou sa mère était morte. Pourtant cela lui semblait impossible, car l'enfant était probablement mort dans l'incendie...

Il n'y avait qu'un seul moyen d'en avoir le coeur net. Décidé à en savoir d'avantage sur cet étrange personnage, Burt prit la photo et décida d'aller interroger le gardien du cimetière. Peut être tenait- il un registre ou il pourrait trouver des indices voire un nom à mettre sur cet individu..Le gardien attendait paisiblement. ?tait- ce après lui? Voyant la photo sur la main de Burt, il lui dit:

"Asseyez vous monsieur Mohr. Je vais vous en apprendre d'avantage au sujet de celui que vous recherchez...".

Chapitre 15

"Que savez vous sur cette chose?"

-" La chose dont vous parlez se prénommait Peter Uris. Comme vous l'avez compris, il s agissait du fils de monsieur Uris. Sa défunte épouse est morte en donnant naissance à l'enfant qui était né difforme des suites de maladies congénitales. Durant toute son enfance, il a été victimes des moqueries et des mal traitances des autres enfants du village. Avec les années, il a fini par vivre à l'écart de tous et tout le monde le croyait mort. Et sont ensuite arrivés tous ces meurtres. ?poque qui ne doit pas t'être inconnue car il s'agit de celle ou ta mère est morte...

Pour bon nombre d'habitants, cela était l'oeuvre de Peter. L'inspecteur Andrew qui exerçait à l'époque, avait été interroger monsieur Uris au sujet de son fils. Ce dernier lui avait alors appris que Peter avait disparu depuis de nombreuses années, et qu'il ignorait totalement où il pouvait se trouver. ?tant alors dans un cul de sac, Andrew continua ses recherches afin de mettre la main sur le meurtrier...

Jusqu'au jour ou ses recherches le menèrent à la maison des hurlements. Faute de preuves, il prit son mal en patience jusqu'à cette fameuse nuit...Cameron, le fils de monsieur et madame Hartigan avait disparu depuis plusieurs jours. Bon nombre d'habitants avaient des doutes sur les agissements des habitants de la maison...Ils sont entrés et ont trouvés Cameron étendus sur un autel. Au dessus de lui, Peter armé d'un poignard sacrificiel...Révulsés par ce qu'ils voyaient, ils ont mis le feu à la maison tout en prenant soin de sauver Cameron et d'emmener Peter de se faire justice...

Ils ont creusés un trou sous le vieux chêne, et l'y ont enterrés vivants. Au fur et à mesure qu'ils rebouchaient sa tombe, Peter hurlait à la mort et jurait qu'il reviendrait se venger de ses assaillants...Les choses se sont calmées avec le temps jusqu'à ton retour et la mort de monsieur Uris...".

Surpris par toutes ces révélations, Burt décida de faire exhumer le corps. Quelques heures plus tard, il revint accompagné du gardien et de plusieurs employés municipaux bien décidé à s'assurer de la mort de Peter Uris. En arrivant, ils comprirent qu'ils avaient été devancés:

La ou aurait du siéger Peter, un immense trou avait été creusé et rien n'y siégeait en dehors des vers et des insectes....

Quatrième partie

Le jugement des morts

Je suis le vivant. J'étais mort, mais maintenant je suis vivant pour toujours. Je détiens le pouvoir sur la mort et le monde des morts.

Chapitre 16

Qui avait bien pu les devancer de la sorte cachant ainsi la vérité...?

Perplexe, Burt décida de quitter le cimetière et de se rendre à la morgue. Peut être avaient-ils été également victimes de vols ou de profanations...Une fois de plus, cet homme mystérieux l'attendait quelques mètres plus loin. Tout en avançant, il frissonna en voyant son teint cadavérique qui s'intensifiait avec les rayons du soleil. ? tait- ce un messager d'outre-tombe?

"Allez vous enfin me dire ce que vous attendez de moi?"

-"Suivez moi monsieur Mohr et je vous dirais tout...".
Ils empruntèrent un sentier en contrebas et se mirent en route. Où l'emmenait-il? Sur la voie de la vérité ou vers une mort certaine? Après plusieurs minutes qui lui parurent être des heures, ils arrivèrent à la maison des hurlements. Soudain, il lui dit:

"C'est ici que tout à commencé et que la bête achèvera son oeuvre..."

-"Que voulez vous dire exactement?"

-"Suivez moi!Vous allez comprendre.".

Il le suivit d'un pas hésitant vers cette horrible demeure qui serait peut être sa dernière...Ils avancèrent dans la pénombre et finirent par arriver dans la salle où se trouvait l'autel. Soudain, Burt fût assailli par une autre vision: les mêmes images lui revenaient en tête. Il voyait encore le jeune garçon allongé sur l'autel, entouré de plusieurs personnes dont il ignorait toujours l'identité hormis Peter sur qui il pouvait mettre un nom...

Les visions s'arrêtèrent aussi vite qu'elles étaient venues...Il reprenait peu à peu ses esprits, quand il entendit une voix.

"Vous cherchez un sens à ces visions n'est ce pas?"

-"Comment savez vous?Que savez vous sur ces gens?"

-"Je vais vous révéler tout ce que je sais. Ces meurtres ont débutés bien avant votre venue au monde. De nombreux enfants sont morts dans d'atroces circonstances.

Parmi les responsables comme vous le savez, il y avait Peter. Ce lourd secret que monsieur Uris à préservé toutes ces années lui à coûté la vie. Peter est de retour à Bakersfield et il est décidé à se venger des responsables de son enterrement prématuré et vous en faîtes parti. Vous devez également vous demander ce qui est advenu du jeune garçon arraché aux griffes de ces meurtriers...Eh bien je suis Cameron Hartigan...".

Chapitre 17

Burt était surpris par ce qu'il venait d'entendre et commençait à comprendre son rôle et celui de Cameron dans toute cette histoire.

"Pourquoi avez vous attendu aussi longtemps pour me révéler votre identité ainsi que ce que vous saviez au sujet de ces meurtres?Tant d'innocents ont perdus la vie..."

-"Avant de vous contacter, j'avais besoin d'en savoir plus sur le meurtrier. Après plusieurs mois de recherche, mes recherches m'ont amenées à monsieur Uris. Peu de temps avant de mourir, il m'a avoué que Peter était toujours en vie et que d'après lui, il était responsable de cette nouvelle vague de meurtres. Quand ils l'ont enterré vivant, il n'a pas supporté l'idée de perdre son fils ainsi malgré ce qu'il avait fait. Il l'a déterré peu de temps après le départ des autres. Peter était toujours en vie, mais sa vie ne tenait plus qu'a un fil. Pendant plusieurs jours, il l'a caché et soigné risquant ainsi sa vie auprès des autres habitants...Peter s'est remis peu à peu mais ces actes ne changeaient rien aux yeux de son père. Il lui dit alors qu'il devait quitter la ville et ne jamais y revenir. Le regard empli de haine, il partit immédiatement tout en jurant qu'un jour ou l'autre, il aurait sa vengeance...Les années ont passées, puis les meurtres ont recommencés. Les responsables de sa dite mort ont tous été décimés. Maintenant, nous sommes les derniers sur sa liste et les seuls à pouvoir l'arrêter..."

-"Et ces visions, que veulent-elles dire?"

-"Il semblerait que tu ais perdu la mémoire. Cette fameuse nuit, je ne suis pas le seul à avoir été victime de ces fanatiques. Un deuxième enfant gisait dans la pièce. Cet enfant c'était toi...Il est revenu pour toi quelques années plus tard, mais ta mère s'est interposée et cet acte lui à couté la vie. Je pense que le choc que tu as subi à l'époque t'a fait oublier tout cela. Le fait d'être revenu en ces lieux semble raviver tes souvenirs...".

Ils furent surpris par un bruit qui provenait du souterrain. Peter était-il de retour? Envahis par la peur, ils descendirent dans l'antre de la bête espérant mettre la main sur ce dernier...Ils avancèrent difficilement dans la pénombre. Soudain, un horrible craquement se fit entendre suivi d'un hurlement. Un main sanguinolente se dessinait au centre de la poitrine de Cameron. Il s'agissait de celle de Peter. Les cris de douleur fusaient, Burt compris alors qu'il était revenu pour eux...Cameron s'écroula quelques secondes plus tard lui murmurant de mettre fin à ses actes. Il sentit alors une forte douleur au sommet de son crane et perdit connaissance...

Chapitre 18

Il reprit ses esprits peu à peu mais ignorait combien de temps il était resté inconscient...

"Enfin nous nous retrouvons Burt après toutes ces années".

A quelques mètres de lui, siégeait Peter. L'expression de son visage lui fit comprendre que les années n'avaient fait qu'intensifier son désir de vengeance.

"Pourquoi Peter?Pourquoi as tu assassiné tous ces gens?"

-"Durant toutes ces années, les habitants de Bakersfield m'ont rejetés. J'ai été victime des pires moqueries et de nombreuses agressions. Je n'ai pas gardé le moindre souvenir heureux de mon enfance. J'ai vécu tel un paria avec un seul désir: me venger. Aucune de mes victimes n'a été le fruit du hasard. Les enfants étaient les descendants directs de ceux qui m'ont fait souffrir. Je voulais qu'ils souffrent autant que moi et qu'ils paient pour ce qu'ils m'avaient faits. Puis ces parents ont décidés de se faire justice eux mêmes. Ils t'ont sauvés ainsi que Cameron et m'ont trainés vers le cimetière. Ils y ont creusés un trou sur plusieurs mètres de profondeur afin que je ne puisse en remonter et m'y ont jeté tel un animal...La mort venait lentement jusqu'à l'arrivée de mon père. Il m'a soigné et sauvé de la mort mais au final, il m'a rejeté comme tous les autres...J'ai choisi l'exil pendant plusieurs années jusqu'au jour ou je t'ai retrouvé. Le jeune garçon que j'ai tué à Los Angeles était innocent certes mais je tenais à te mettre sur la voie. Puis tu es revenu ici. Tes recherches t'ont finalement amenées dans cette demeure qui va devenir ton tombeau. J'aurais pu te tuer le jour ou tu as découvert les souterrains, mais je savais que Cameron me traquait et que vous finiriez par venir ensemble. Maintenant, il ne me reste plus que toi et mon ?uvre sera achevée..."

-"Bien que je comprenne ce que tu as enduré toutes ces années, tu as été trop loin!Trop d'innocents sont morts par ta faute!"

-"Jamais tu ne comprendras car tu ne subiras jamais les horreurs que j'ai enduré.".

Sur ces mots, Peter s'empara d'un poignard que Burt reconnut immédiatement. Il s'agissait de celui qu'il avait vu dans sa vision. Celui qui avait probablement servi pour tout ces meurtres et qui allait lui ôter la vie...

Burt esquiva le coup de justesse. Il courût à l'autre extrémité de la pièce et s'empara de l'une des torches ornant le mur bien décidé à mettre fin aux agissements de Peter. Il s'avança vers lui porté par une rage sans précédent.

Les coups fusaient à la vitesse de l'éclair. Burt les évitait difficilement encore affaiblit par celui qu'il avait reçu à la tête. Il fit tomber la torche qui roula sous un rideau enflammant ce dernier en une fraction de secondes. Soudain, il sentit la lame glisser le long de sa gorge. Le sang coulait peu à peu l'affaiblissant d'avantage. Il s'avança en titubant vers l'autel cherchant à se relever et lutter jusqu'à la mort, mais s'écroula sur ce dernier.

Les flammes s'avançaient grandissantes attaquant chaque recoin de la pièce. Burt se sentait partir. Son regard était rivé sur Peter.

Ce monstre qu'il avait traqué durant tant d'années se tenait face à lui d'un air victorieux. Le sacrifice de sa mère avait été vain. Car bien que sauvé à deux reprises, il allait périr aux mains de cette chose là où tout avait commencé et où la mort régnait en maître dans l'antre de la bête...

Postface

Avant toute chose, je tiens à te remercier cher lecteur pour l'achat de ce livre. J'espère que tu as aimé le lire autant que j'ai aimé l'écrire.

Ce livre représente plusieurs années de travail que je ne regrette aucunement. Ce qui compte à mes yeux, c'est la satisfaction que chacun aura en le lisant.

Je tiens à adresser un message aux auteurs débutants ainsi qu'a ceux qui auraient l'envie d'écrire. Allez au bout de vos idées! Même si l'écriture n'est pas toujours chose facile, votre persévérance vous mènera vers la fin.
Je tiens à remercier ma femme, ma fille, ma famille et mes amis sans qui ce livre n'aurait jamais vu le jour.

Ainsi que les créateurs des sites "Stephen King de A à Z" et "999 éditons" grâce à qui mon livre à été découvert.

Et pour finir, je dédie ce livre à Monsieur Stephen King qui m'a donné l'envie de lire et d'écrire.

Duquenoy Fabien

ISBN n° 978-2-7466-0540-4
Achevé d'imprimer en Février 2009
Imprimé par Books on Demand GmbH,
Norderstedt, Allemagne